Inhalt

William kommt 4

Die doofe Frau Keller 14

Die goldene Torwand 24

Lisa, der Fußballstar 33

Leserätsel 40

William kommt

„Ab heute“, sagt der Trainer,
„spielt William bei uns mit.“
Die Kinder gucken neugierig.
„Seid nett zu ihm,
er spricht nur wenig Deutsch.“

„Hauptsache,
er kann Fußball spielen“,
sagt Nadja zu Theo.

Bald zeigt sich:
William spielt hervorragend.

„Der hat ja Tricks drauf!“,
staunt Nadja.
„Stimmt“, sagt Theo.
„Wie der dribbelt!
Und jeder Schuss ein Treffer.“

Nach dem Training
erklärt der Trainer:
„Das Spiel übermorgen
müssen wir unbedingt gewinnen.
William wird vorne spielen
und die Tore schießen.
Nadja spielt außen
und Theo hinten.
Alles klar?“

Die Spieler nicken.
„Okay, dann bis Samstag“,
sagt der Trainer.
„Und seid pünktlich!“

Theo ist sauer.
Bisher spielte er vorne,
und Nadja gab ihm die Pässe.
Auf dem Heimweg schimpft Theo:
„Dieser William nervt!“
„Und wie“, grummelt Nadja.

Missmutig traben Theo und Nadja
am Samstag auf den Platz.
Kurz darauf ist Anpfiff.

Nadja spielt William nicht an,
und Theo will ihn nicht sehen.
Doch William schnappt sich
den Ball, trickst alle aus
und schießt das 1:0.

Etwas später verliert
einer ihrer Abwehrspieler
den Ball vorm eigenen Tor.
William eilt herbei.

„Was machst du da?“, ruft Theo
und drischt auf den Ball.
Der Ball knallt gegen William
und prallt unhaltbar ins eigene Tor.
Zur Halbzeit steht es 1:1.

Der Trainer schimpft:
„Theo, Nadja,
ihr sollt William anspielen.“
„Wer hat denn das Eigentor …“,
mault Theo.

„Schluss!“, donnert der Trainer.
„Und William, du spielst vorn.“

In der zweiten Halbzeit
reißt Theo sich zusammen.
Er spielt den Ball nach vorne.
William nimmt ihn, dribbelt
und knallt ihn ins Netz: 2:1.

Etwas später
passt Nadja zu William,
der schießt: 3:1!
Sofort rennt Nadja zu William
und umarmt ihn vor Freude.

Kurz vor Abpfiff
macht William sogar das 4:1.
„Gewonnen!“, jubelt Theo
und klopft William auf die Schulter.

Der Trainer läuft herbei und ruft:
„William, sehr gut!
Theo und Nadja,
eure Pässe waren 1a.“

William schaut Theo und Nadja an
und nickt anerkennend.
„Danke“, murmelt Theo.
Plötzlich hat er eine Idee.

„Wie wär’s?“, fragt er William.
„Ich helfe dir, Deutsch zu lernen.
Dafür bringst du uns
deine Tricks bei!“
„Okay“, sagt William
und alle lachen.

Die doofe Frau Keller

„Heute holt euch Frau Keller
von der Schule ab“,
sagt Mama zu ihren Zwillingen.
„Die?“, rufen beide entsetzt.
„Ja, ich muss zum Zahnarzt“,
erklärt die Mutter.
„Frau Keller ist doch nett.“

„Von wegen“, jammert Jakob.
„Die guckt immer so grimmig.“
„Stimmt“, ergänzt Kai,
„außerdem sieht sie aus
wie eine Wäscheton…“

„Schluss jetzt!“, schimpft die Mutter.
„Frau Keller holt euch
nach dem Schulmittagessen ab.
Und ihr benehmt euch anständig.“

Während der Schule
macht Kai ständig üble Witze
über Frau Keller.
Und Jakob malt ein böses Bild.

Punkt 15 Uhr betritt Frau Keller
das Klassenzimmer.
„Hallo, ihr beiden!“, ruft sie
und tippt Jakob auf die Schulter.

Frau Keller sieht das Bild.
„Nicht gerade schmeichelhaft“,
meint sie, „aber gut getroffen.“
Jakob errötet.

Doch Frau Keller lacht.
„Los, Jungs!“, sagt sie
und wirft einen Fußball hoch.
„Jetzt zeigt mal, was ihr könnt!“

Kurz darauf
drischt Frau Keller
auf den Ball.
Kai haut ihn zurück,
so stark er kann.

Aber Frau Keller stoppt ihn
geschickt mit der Hacke
und macht allerlei Kunststücke
mit ihm.

„So!“, ruft Frau Keller,
„jetzt spielt ihr gegen mich!
Wenn ich verliere,
bekommt ihr ein Eis.
15 Minuten. Ich stoppe die Zeit.“

„Die hat null Chancen“,
flüstert Jakob.
„Los, fegen wir sie weg“,
schmunzelt Kai.

Die Brüder legen los wie der Teufel.
Aber Frau Keller
steht immer goldrichtig.

Wenn sie den Ball einmal hat,
kassieren die Jungen ein Tor.
Schnell steht es 7:4 für Frau Keller.

Kurz vor Schluss
geht Frau Keller die Puste aus.
Sie steht nur noch vor ihrem Tor.

Jakob zieht ab. 7:5.
Danach schießt Kai das 7:6.
Gerade als Frau Keller
„Ende“ ruft, trifft Jakob erneut.
„7:7“, jubelt Kai.
„Unentschieden!“

„Aber nur, weil ich platt bin“,
keucht Frau Keller.
„Als ich vor zwei Jahren
die 2. Frauenmannschaft
trainiert habe,
war ich noch fit. Aber jetzt …“

„… gibt’s Eis!“, ruft Kai.
Frau Keller nickt.
„Spielen wir morgen wieder, Jungs?
Ich muss was für meine Figur tun.“

Kai zwinkert und Jakob sagt:
„Klar, Lust auf Eis haben wir immer!“

Frau Keller lacht.
Während alle ihr Eis schlecken,
sagt sie: „Seid euch eures Sieges
bloß nicht so sicher.
Wenn ich erst mal
ein paar Kilos runterhabe,
seht ihr alt aus.“

Die goldene Torwand

Joschi will heute auf dem Sportfest
die goldene Torwand gewinnen.
„Leon ist krank“, sagt Iken.
„Das ist deine Chance.“

Leon ist ein Jahr älter
und spielt schon im Verein.
Aber er hänselt Joschi immer.

Joschi trägt sich in die Liste ein.
Da ruft jemand:
„Du kannst gleich einpacken,
ich mach auch mit.“

Joschi fährt herum.
Es ist Leon.

„Ich dachte, der ist krank“,
murmelt Joschi.
„Das dachte ich auch“, sagt Iken.
Joschi schluckt.

Der Wettkampf beginnt.
Joschi gewinnt das erste Duell.
Auch seinen zweiten Gegner
besiegt er klar.

Der dritte kommt gar nicht.
„Ohne Gegner
gewinnt es sich leicht“,
stichelt Leon frech.

Nach zwei weiteren Runden
ist Joschi fast am Ziel.
Der Schiedsrichter ruft:
„Im Endspiel treten an:
Leon Berg gegen Joschi Neuer!“

Joschi beginnt.
Er legt sich den Ball zurecht.
„Pass auf, dass du nicht
drüber stolperst“, spottet Leon.

Joschi tritt an …
und haut total daneben.
„Na, du blindes Huhn“,
zischt Leon.

Joschis Beine fühlen sich an
wie Wackelpudding.
Deshalb verschießt er auch
die nächsten zwei Bälle.

Jetzt ist Leon dran.
Er trifft bei drei Schüssen einmal.
„1:0 für Leon. Nun oben“,
sagt der Schiedsrichter.

Iken reicht Joschi Ohrenstöpsel.
„Was ist denn das?“,
fragt er.
„Stopf dir die in die Ohren“,
sagt Iken. „Meine Mama
nimmt sie immer beim Schlafen.
Ich habe ihr gerade neue besorgt.
Nun mach schon!“

Joschi stopft sich die Ohrenstöpsel
in die Ohren.

„Vorsicht“, stichelt Leon,
„du brichst dir noch den Fuß.“
Aber Joschi kann ihn nicht hören.
Aus dem Fußgelenk hebt er
den Ball gekonnt ins obere Loch.

„Einer geht immer“, nölt Leon.
Joschi hört wieder nichts –
und trifft zum zweiten Mal.
Jetzt ist Joschi ganz sicher.
Er zielt genau
und trifft zum dritten Mal.

Nun ist Leon an der Reihe.
Er schießt dreimal daneben.
Der Schiedsrichter ruft:
„3:1 für Joschi NEUER!“

„Wie bitte?“, fragt Joschi
und zieht die Ohrenstöpsel heraus.
„Du hast gewonnen!“, ruft Iken.
„Ich weiß“, sagt Joschi und lacht.
„Ich hab zwar nichts gehört,
aber gesehen hab ich alles.“

Lisa, der Fußballstar

„Schau mal“, sagt Lisa
und gibt ihrer Mutter ein Ticket.
„Ehrenplatz für ein Endspiel
im DFB-Pokal!“,
ruft die Mutter erfreut.
„Eure Mannschaft hat also
das Turnier gewonnen.“

„Ja“, sagt Lisa. „Und ich habe
das entscheidende Tor geschossen.“
Ihre Mutter staunt. „Wow!“

Lisa zappelt aufgeregt
hin und her.
„Wir dürfen sogar
eine der beiden Mannschaften
vor Anpfiff aufs Feld begleiten.“

„Gratuliere“, sagt ihr Vater.
„Dann sehe ich dich also
bald im Fernsehen.
Lisa, unser Fußballstar!“

Lisa schluckt.
Im Fernsehen?
Daran hat sie nicht gedacht.

Acht Wochen später ist es so weit.
Die Eltern sitzen gespannt
vor dem Fernseher.

„Die Kulisse ist umwerfend“,
sagt der Reporter.
„Und hier kommen
die Mannschaften.“

Jeder Spieler
der beiden Mannschaften
führt ein Kind
an der Hand ins Stadion.

„Wo ist Lisa?“, fragt der Vater
und rutscht nach vorne.
„Da ist sie doch!“, ruft die Mutter.

Plötzlich ist Lisa
ganz groß im Bild.
Unauffällig zwinkert sie
in die Kamera.

Dann geht sie
mit erhobenem Kopf weiter.

Einen Tag später holen die Eltern ihre Tochter vom Bahnhof ab. Der Vater gibt Lisa ein Päckchen. „Was ist das?“, fragt Lisa. „Eine DVD vom Endspiel“, sagt ihr Vater. „Du bist auch drauf. Ganz groß, wie ein richtiger Fußballstar!“

Leserätsel
mit dem Leseraben

Super, du hast das ganze Buch geschafft! Hast du die Geschichten ganz genau gelesen? Der Leserabe hat sich ein paar spannende Rätsel für echte Lese-Detektive ausgedacht. Wenn du Rätsel 4 auf Seite 42 löst, kannst du ein Buchpaket gewinnen!

Rätsel 1

In jedem Satz fehlt ein Wort. Wenn du dir nicht sicher bist, lies auf den Seiten noch mal nach!

1. Theo ist Sauer . Bisher spielte er vorne. (Seite 7)

2. Punkt 15 Uhr betritt Frau Keller das Klassenzimmer. (Seite 16)

3. Leon ist ein Jahr älter und spielt schon im Verein. (Seite 24)

Rätsel 2

Der Leserabe hat einige Wörter aus der Geschichte auseinandergeschnitten. Immer zwei Teile ergeben ein Wort. Schreibe die Wörter auf ein Blatt!

-star

Wackel-

Heim-

-pudding

-weg

Fußball-

-zimmer

Klassen-

Rätsel 3

Der Leserabe hat sich ein Quiz ausgedacht! Kannst du die Fragen beantworten? Schreibe die Antwort in die Kästchen:

1. Was bekommt Lisa von ihrem Vater geschenkt?

DVD

2. Was spielen Jakob und Kai mit Frau Keller?

Fußball

3. Wie oft trifft Joschi beim Torwandschießen?

dreimal

Rätsel 4

Beantworte die Fragen zu den Geschichten.
Wenn du dir nicht sicher bist, lies auf den Seiten noch mal nach!

1. Was tut Nadja, als William das 3:1 schießt? (Seite 11)

T : Sie umarmt ihn vor Freude.

R : Sie klatscht anerkennend.

2. Warum holt Kais und Jakobs Mutter sie nicht von der Schule ab? (Seite 14)

A : Weil sie noch einkaufen muss.

O : Weil sie zum Zahnarzt muss.

3. Was will Joschi auf dem Sportfest gewinnen? (Seite 24)

R : Die goldene Torwand.

L : Den goldenen Pokal.

Lösungswort:

1	2	3

Rabenpost

Jetzt wird es Zeit für die Rabenpost! Besuch mich doch auf meiner Homepage **www.leserabe.de** und gib dort unter der Rubrik „Leserätsel“ das richtige Lösungswort ein. Es warten außerdem noch tolle Spiele und spannende Leseproben auf dich! Oder schreib eine E-Mail an **leserabe@ravensburger.de**. Jeden Monat werden 10 Buchpakete unter den Einsendern verlost! Natürlich kannst du mir auch eine Karte schicken.

An den LESERABEN
RABENPOST
Postfach 2007
88190 Ravensburg
Deutschland

Ich freu mich immer über Post!

Dein Leserabe

Lösungen:
Rätsel 1: sauer, Keller, Jahr
Rätsel 2: Heimweg, Wackelpudding, Fußballstar, Klassenzimmer
Rätsel 3: DVD, Fußball, dreimal